위대한 작가의 명문장들

어휘력과 문장력을 키우는 필사 노트

위대한 작가의 명문장들

어휘력과 문장력을 키우는 필사 노트

오로라 편

문학세계사

대가들의 명문장을 손끝으로 새기며

문장은 우리 생각의 가장 기본적인 도구입니다. 필사를 통해 우리는 이 도구를 연마하고, 삶을 더욱 깊이 이해하는 힘을 얻게 됩니다. 우리는 매일 수많은 문장을 마주합니다. 때로는 문자 메시지나 이메일에서, 때로는 소셜미디어나 책 속에서 문장들이 흘러가곤 합니다. 그러나 그 문장들 속에 담긴 의미를 온전히 받아들이고, 우리만의 문장으로 표현하는 기회를 얻는 것은 드문 일입니다. 바로 그 과정에서 필사는 우리의 사고와 감정을 더욱 풍부하게 만들어 주는 도구가 될 수 있습니다.

『위대한 작가의 명문장들』은 세계적인 대가들이 쓴 작품 속의 주옥같은 문장을 따라 쓰며 어휘력과 문장력을 길러 나가는 경험을 선사합니다. 이 책은 셰익스피어, 도스토옙스키, 마르셀 프루스트, 제인 오스틴 등 세계적인 작가들의 명문장을 엄선하여, 필사를 통해 독자들이 그들의 통찰을 직접 체험하고, 그 문장을 자신의 것으로 만들어갈 수 있도록 구성되었습니다.

왜 필사를 해야 할까요? 필사는 단순한 베껴 쓰기가 아닙니다. 필사는 우리가 단어 하나, 문장 하나에 집중하며 그 안에 담긴 감정과 의미를 깊이 이해할 수 있는 기회를 제공합니다. 손끝에서 탄생하는 문장들은 단순히 읽을 때보다 더 오래 남고, 더 깊게 새겨집니다. 필사를 통해 우리는 작품 속에서 길어 올린 어휘와 문장을 자신의 것으로 받아들일 뿐만 아니라, 그 안에 담긴 철학적 통찰, 인간에 대한 이해 그리고 시대를 초월한 감정을 느낄 수 있습니다.

글은 인간의 감정과 사고를 담는 그릇입니다. 작품 속에서 우리는 인물들의 고뇌, 사랑, 갈등 그리고 희망을 함께 느낄 수 있습니다. 작가들은 문장을 통해 독자들에게 그들의 생각과 감정을 전달하며, 복잡한 인간관계와 사회 구조를 탐구합니다. 작품의 문장을 필사하는 것은 단순한 어휘력과 문장력 향상을 넘어, 감정의 깊이와 인간 본질에 대한 이해를 넓히는 중요한 수단입니다. 작품 속 인물들이 느끼는 복잡한 감정을 따라 쓰는 과정에서, 우리는 그들의 내면을 더 깊이 이해하고, 이를 우리의 삶에 적용할 수 있습니다.

특히 소설은 긴 호흡의 서사를 통해 복잡한 이야기를 다룹니다. 그러므로 소설 필사는 단순히 문장을 따라 쓰는 것이 아니라, 그 속에서 인물들이 겪는 사건과 감정의 흐름을 깊이 있게 따라가는 연습이 됩니다. 이러한 과정은 우리의 논리적 사고력과 문제 해결 능력을 향상시키며, 긴 글을 이해하고 표현하는 능력을 길러줍니다. 이는 일상생활에서뿐만 아니라, 더 나은 의사소통과 깊이 있는 사고를 가능하게 합니다.

어휘력과 문장력은 단순히 글을 잘 쓰기 위한 도구가 아닙니다. 그것은 우리가 생각을 명확하게 정리하고, 세상과 소통하는 힘입니다. 세밀한 어휘 선택과 명료한 문장은 우리의 생각을 더 정확하고 효과적으로 전달하게 합니다. 이를 통해 우리는 더 깊이 있는 대화를 나누고, 더 풍부한 감정을 공유할 수 있습니다. 특히 현대 사회에서 소통이 점점 더 중요해지는 지금, 어휘력과 문장력은 개인의 성장을 이끄는 핵심적인 도구입니다.

필사를 통해 우리는 단순한 언어 습득을 넘어, 표현의 깊이를 이해하고, 문장의 흐름과 구조를 체화할 수 있습니다. 이는 복잡한 문제를 풀어나가는 사고력과 논리력을 강화하며, 창의적인 표현력을 높이는 데 중요한 역할을 합니다.

문학은 단순한 이야기 그 이상입니다. 문학은 우리가 세상을 이해하는 창이며, 인간의 본질을 탐구하는 가장 오래된 도구입니다. 작가들은 그들의 문장을 통해 삶의 복잡성을 탐구하고, 우리가 마주하는 다양한 감정들을 글 속에 담아냅니다. 문학을 읽고, 필사를 통해 문학의 문장을 따라 쓰는 것은 그들의 사유와 감정에 직접적으로 연결되는 과정입니다. 그 속에서 우리는 작가들이 던지는 질문과 사유를 더 깊이 탐구하게 됩니다.

우리는 빠르게 변하는 사회 속에서 살아가며, 끊임없이 새로운 정보와 자극을 마주하고 있습니다. 그 과정에서 깊이 있는 사고와 감정의 성찰을 놓치기 쉽습니다. 문학은 이와 같은 세상 속에서 우리의 마음을 가다듬고, 인간 본연의 감정과 생각에 집중하게 하는 힘을 줍니다. 작품의 한 문장을 손으로 따라 쓰는 동안, 우리는 일상의 소음에서 벗어나 자신만의 생각과 감정에 집중할 수 있는 소중한 시간을 얻습니다.

　『위대한 작가의 명문장들』은 독자들에게 이와 같은 문학적 성찰의 기회를 제공합니다. 작가들의 명문장을 따라 쓰다 보면, 그들의 사유와 감정이 여러분의 글 속에서 새롭게 피어날 것입니다. 필사를 통해 어휘력과 문장력을 키우며, 더 나은 소통과 성찰의 도구를 마련하세요. 『위대한 작가의 명문장들』은 그 여정을 위한 가장 좋은 길잡이가 될 것입니다.

차례

대가들의 명문장을 손끝으로 새기며 4

2. 위대함을 두려워하지 마라　　　　　61

3. 침묵이 얼마나 더 좋은가   129

1
당신을 조금 사랑했던 것 같아요

윌리엄 셰익스피어, 『한여름 밤의 꿈』

사랑은 눈으로 보지 않고 마음으로 본다. 그래서 날개 달린 큐피드가 눈이 멀었다고 그려진다. 사랑의 마음은 판단력을 갖지 않으며, 날개는 있으나 눈이 없어 경솔함을 상징한다. 그래서 사랑은 어린아이라고 불린다. 선택하기에 있어 자주 속기 때문에.

윌리엄 셰익스피어(William Shakespeare, 1564년~1616년)는 영국 최고의 시인이자 극작가이다.

레프 톨스토이, 『안나 카레니나』

그는 마치 태양을 오래 바라볼 수 없듯이, 그녀를 오래 보지 않으려 애쓰며 물러섰지만, 보지 않아도 태양처럼 그녀를 느꼈다.

레프 톨스토이(Lev Nikolayevich Tolstoy, 1828년~1910년)는 러시아의 소설가이자 시인이자 사상가이다.

윌리엄 셰익스피어, 『햄릿』

별이 불인지 의심하라.

태양이 움직인다는 것을 의심하라.

진실을 의심하여 거짓말쟁이가 되라.

그러나 내가 사랑한다는 것은 의심하지 마라.

레프 톨스토이,『안나 카레니나』

나는 항상 당신을 사랑해 왔고, 누군가를 사
랑할 때는 내가 원하는 모습이 아닌, 있는 그대
로의 그 사람을 사랑한다.

표도르 도스토옙스키, 『카라마조프 형제들』

지옥이란 무엇인가? 나는 그것이 사랑할 수 없는 고통이라고 생각한다.

표도르 도스토옙스키(Fyodor Mikhailovich Dostoevskii, 1821년~1881년)는 러시아의 소설가이다.

빅토르 위고, 『레 미제라블』

사랑이란 무엇인가? 나는 길거리에서 사랑에 빠진 한 가난한 청년을 만났습니다. 그의 모자는 낡았고, 코트는 해어졌으며, 그의 신발은 물에 젖었지만, 별이 그의 영혼을 꿰뚫고 있었습니다.

빅토르 위고(Victor Marie Hugo, 1802년~1885년)는 프랑스 시인이자 극작가, 소설가, 정치가이다.

에밀리 브론테, 『폭풍의 언덕』

그는 나 자신보다 더 나 같은 사람이에요. 우리의 영혼이 무엇으로 만들어졌든, 그의 것과 내 것은 같아요.

에밀리 브론테(Emily Bronte, 1818년~1848년)는 영국의 소설가이자 시인이다.

헨리 제임스, 『여인의 초상』

　나는 영원히 당신의 것이에요, 영원히 그리고
또 영원히. 여기 내가 서 있어요. 나는 바위처럼
단단해요. 나를 믿기만 한다면, 당신은 결코 실
망하지 않을 거예요. 내가 당신의 것인 것처럼 당
신도 내 것이 되어줘요.

헨리 제임스(Henry James, 1843년~1916년)는 미국의 소설가이자 문학평론가이다.

빅토르 위고, 『레 미제라블』

내가 죽으면 이마에 키스해 주겠다고 약속해 줘요. 나는 그것을 느낄 거예요.

그녀는 다시 마리우스의 무릎에 고개를 숙이고 눈을 감았다. 마리우스는 그녀의 영혼이 떠났다고 생각했다. 에포닌은 움직이지 않았다. 마리우스가 그녀를 영원히 잠들게 하려는 바로 그 순간, 그녀는 천천히 눈을 떠서 죽음의 음울한 깊이를 드러냈고, 마치 이미 다른 세계에서 온 것 같은 달콤한 어조로 그에게 말했다.

그건 그렇고, 무슈 마리우스, 나는 당신을 조금 사랑했던 것 같아요.

제임스 조이스, 『젊은 예술가의 초상』

　그의 마음은 마치 물결 위의 코르크처럼 그녀의 움직임에 따라 춤을 추었다. 그는 그녀의 눈이 그에게 보내는 말을 듣고, 어렴풋한 과거 속에서, 삶이든 몽상이든, 그 이야기를 이미 들어본 적이 있음을 알았다.

제임스 조이스(James Joyce, 1882년~1941년)는 아일랜드의 작가이다.

귀스타브 플로베르, 『마담 보바리』

사랑은 갑자기, 폭발과 번개처럼 찾아와야 한다고 그녀는 생각했다. 하늘에서 내려오는 폭풍처럼 삶을 덮쳐 뒤흔들고, 나뭇잎처럼 의지를 뿌리째 뽑아버리며 온 마음을 깊은 심연 속으로 휩쓸어버리는 그런 사랑 말이다.

귀스타브 플로베르(Gustave Flaubert, 1821년~1880년)는 프랑스의 소설가이다.

소포클레스, 『안티고네』

나는 사랑을 위해 태어났지, 미워하기 위해
태어난 것이 아니다. 그것이 나의 본성이다.

소포클레스(Sophocles, 기원전 497년~기원전 406년)는 고대 그리스의 비극 시인이다.

헨리 제임스, 『여인의 초상』

　미움을 받았다면 사랑도 받았다는 것을 기억
하라.

에밀리 브론테, 『폭풍의 언덕』

    모든 것이 사라지고 그만 남는다면, 나는 여전히 존재할 거예요. 하지만 모든 것이 남고 그가 사라진다면, 이 우주는 낯선 존재가 되어버릴 거예요.

빅토르 위고, 『레 미제라블』

　사랑하기 때문에 고통받는 자, 더 사랑하라.
사랑 때문에 죽는다는 것은 사랑에 의해 사는
것이다.

에우리피데스, 『메데이아』

연인의 사랑보다 더 강한 것은 연인의 증오다. 그들이 남기는 상처는 치유할 수 없으니, 서로에게 깊이 새겨진다.

에우리피데스(Euripides, 기원전 484년~기원전 406년)는 고대 그리스의 비극 시인이다.

나다니엘 호손, 『주홍글씨』

증오와 사랑이 근본적으로 같은 감정이 아닌지 관찰하고 탐구할 만한 흥미로운 주제이다. 둘 다 극한까지 발전했을 때, 깊은 친밀함과 마음속의 깊은 이해를 전제로 한다. 둘 다 한 개인이 자신의 애정과 정신적 삶의 원천을 타인에게 의존하게 만든다. 또한, 그 대상이 사라지면 열정적인 연인이나 그에 못지않게 격정적인 증오자 모두 고독하고 황량해진다.

나다니엘 호손(Nathanial Hawthorn, 1804년~1864년)은 미국의 소설가이다.

제임스 조이스, 『율리시스』

사랑은 사랑을 사랑하기를 사랑한다.

조지 엘리엇, 『아담 비드』

두 인간의 영혼에 더 위대한 것이 무엇이겠는가? 평생토록 함께한다는 것을 느끼며, 모든 노동에서 서로를 북돋우고, 모든 슬픔에서 서로에게 의지하며, 모든 고통에서 서로를 위로하고, 마지막 이별의 순간에 말로 다할 수 없는 침묵 속에서 하나가 되는 것보다 더 위대한 것이 있겠는가?

조지 엘리엇(George Eliot, 1819년~1880년)은 영국의 소설가이다.

당신을 조금 사랑했던 것 같아요 55

토머스 하디, 『모호한 주드』

    처음에는 당신을 사랑하지 않았어요, 주드. 그건 인정해요. 처음 당신을 알게 되었을 때는 단지 당신이 저를 사랑하게 만들고 싶었을 뿐이었죠. 당신과 노골적으로 사랑을 장난처럼 다루지는 않았어요. 하지만 어떤 여성들의 도덕을 무너뜨리는, 무절제한 열정보다도 더 강력한 그 타고난 갈망이 제 안에 있었어요.

토머스 하디(Thomas Hardy, 1840년~1928년)는 영국의 소설가이자 시인이다.

남성에게 어떤 상처를 줄지 생각하지 않고도 그를 매혹하고 사로잡고 싶은 갈망이요. 그리고 당신이 저에게 빠졌다는 걸 알게 되었을 때, 두려웠어요. 그러다가 어떻게 된 건지 모르겠지만, 당신을 보내는 걸 견딜 수가 없었어요. 어쩌면 아라벨라에게 다시 돌아갈지도 모르니까요. 그래서 저는 당신을 사랑하게 되었어요, 주드. 하지만 보세요, 아무리 끝은 애틋했어도, 그 시작은 제 마음은 아프지 않게 하면서 당신의 마음만 아프게 하려는 이기적이고 잔인한 욕망에서 비롯되었어요.

2
위대함을 두려워하지 마라

윌리엄 셰익스피어, 『햄릿』

사느냐 죽느냐, 그것이 문제로다.

불행의 화살과 돌팔매를

참고 견디는 것이 고귀한가,

아니면 고난의 바다에 맞서 싸워

그 모든 것을 끝내는 것이 나은가?

죽는다는 것, 잠든다는 것뿐.

그리고 잠듦으로써 심장의 아픔과 육신이 겪

는 수천 가지 고통을

우리가 끝낸다면

이는 간절히 바랄 만한 결말이리.

죽는다는 것, 잠든다는 것뿐.

잠든다. 어쩌면 꿈을 꾸겠지. 그래, 거기에 문

제가 있다.

죽음의 잠 속에서 어떤 꿈이 올지
이 속세의 짐을 벗어 던졌을 때,
우리를 멈칫하게 하는 이것이
오랜 삶을 불행으로 만드는 이유라네.
누가 견디랴, 시대의 채찍과 조롱을,
억압하는 자의 횡포, 거만한 자의 멸시를,
업신여김을 받는 사랑의 고통, 법의 지연을,
관리의 횡포와 능력 있는 자가
무능한 자에게 받는 모욕을,
자신이 작은 칼로 모든 걸 끝낼 수 있을 때?

누가 짐을 지고

지친 인생 아래 끙끙대며 살아가랴,

죽음 이후의 무언가에 대한 두려움,

아무도 돌아오지 않은 미지의 나라가

우리의 의지를 혼란스럽게 하여

알고 있는 고통을 견디게 하느니

알지 못하는 고통으로 달아나는 걸 막지 않는

다면?

이렇게 양심이 우리 모두를 겁쟁이로 만들고,
결심의 건강한 안색이
사색의 창백한 빛에 병들어가며,
위대하고 중요한 계획들이
이런 생각들로 인해 길을 잃어
행동이란 이름을 잃어버리는구나.
조용히, 아름다운 오필리아여!
요정이여, 그대의 기도 속에
내 모든 죄를 기억해 주오.

F. 스콧 피츠제럴드, 『위대한 개츠비』

젊고 연약했던 시절에 아버지는 제게 몇 가지 조언을 해주셨는데, 그 이후로 제 마음속에 계속 되새기고 있습니다.

누군가를 비판하고 싶을 때마다 아버지는 저에게 이 세상의 모든 사람이 너처럼 좋은 조건을 갖지 못했다는 사실을 기억하라고 말씀하셨어요.

F. 스콧 피츠제럴드(Francis Scott Key Fitzgerald, 1896년~1940년)는 미국의 소설가이다.

나다니엘 호손, 『주홍글씨』

수수한 색깔의 옷을 입고, 회색의 뾰족한 모자를 쓴 수염 난 남자들이 무리 지어 있었고, 그들 사이에는 후드를 쓴 여자들과 머리를 드러낸 여자들이 섞여 있었다. 그들은 문이 두꺼운 참나무로 만들어지고 철로 장식된 목조 건물 앞에 모여 있었다.

표도르 도스토옙스키, 『지하로부터의 수기』

나는 병든 사람이다··· 나는 악한 사람이다. 나는 매력 없는 사람이다.

루이스 캐롤, 『이상한 나라의 앨리스』

앨리스는 언덕 위에서 언니 옆에 앉아 아무것도 하지 않는 것이 점점 지겨워지기 시작했다. 그녀는 한두 번 언니가 읽고 있는 책을 들여다보았지만, 그 책에는 그림도 없고 대화도 없었다. "그림도 대화도 없는 책이 무슨 소용이 있지?"라고 앨리스는 생각했다.

루이스 캐롤(Lewis Carroll, 1832년~1898년)은 영국의 수학자이자 사진가, 소설가이다.

로버트 루이스 스티븐슨, 『지킬 박사와 하이드』

변호사 어터슨 씨는 거친 얼굴을 가진 사람이었으며, 그 얼굴에 미소가 비치는 일은 없었다. 말할 때는 차갑고 간결하며 어색했고, 감정 표현에 서툴렀다. 그는 마르고, 키가 크고, 먼지에 쌓인 듯 음울했지만, 그럼에도 불구하고 어딘가 사랑스러운 면이 있었다.

로버트 루이스 스티븐슨(Robert Louis Stevenson, 1850년~1894년)은 영국의 시인이자 소설가이다.

나쓰메 소세키, 『나는 고양이로소이다』

나는 고양이이다. 이름은 아직 없다.

나쓰메 소세키(Natsume Soseki, 1867년~1916년)는 일본의 작가이다.

찰스 디킨스, 『두 도시 이야기』

그 시대는 최고의 시대였고, 최악의 시대였으며, 지혜의 시대였고, 어리석음의 시대였으며, 믿음의 시대였고, 불신의 시대였으며, 빛의 계절이었고, 어둠의 계절이었으며, 희망의 봄이었고, 절망의 겨울이었다.

찰스 디킨스(Charles John Huffam Dickens, 1812년~1870년)는 영국의 소설가이다.

제임스 매튜 배리, 『피터 팬』

모든 아이들은 자란다, 단 한 명만 제외하고.

제임스 매튜 배리(James Matthew Barrie, 1860년~1937년)는 영국의 극작가이며 소설가이다.

현진건, 「운수 좋은 날」

새침하게 흐린 품이 눈이 올 듯하더니 눈은 아니 오고 얼다가 만 비가 추적추적 내리었다. 이 날이야말로 동소문 안에서 인력거꾼 노릇을 하는 김 첨지에게는 오래간만에도 닥친 운수 좋은 날이었다.

현진건(Hyun JinGun, 1900년~1943년)은 한국의 소설가이다.

아쿠타가와 류노스케, 「라쇼몽」

어느 날 해 질 녘이었다. 한 명의 하인이 라쇼
몽 밑에서 비가 그치기를 기다리고 있었다.

아쿠타가와 류노스케(Ryuunosuke Akutagawa, 1892년~1927년)는 일본의 소설가이다.

조지 엘리엇, 『미들마치』

브룩 양은 초라한 옷차림에도 도드라지는 그런 아름다움을 지니고 있었다.

헤르만 헤세, 『데미안』

나는 그저 내 안에서 저절로 나오려는 삶을 살아보려고 했을 뿐이다. 그런데 왜 그것이 그렇게 어려웠을까?

헤르만 헤세(Hermann Hesse, 1877년~1962년)는 독일계 스위스인 시인이자 소설가이다.

레프 톨스토이, 『안나 카레니나』

행복한 가정은 모두 비슷하지만, 불행한 가정은 저마다의 방식으로 불행하다.

조지 오웰, 『1984』

비밀을 지키고 싶다면, 자신에게도 숨겨야 한다.

조지 오웰(George Orwell, 1903년~1950년)은 영국의 소설가이다.

가와바타 야스나리,『설국』

국경의 긴 터널을 빠져나가자, 눈의 나라였다.

가와바타 야스나리(Yasunari Kawabata, 1899년~1972년)는 일본의 소설가이다.

이효석, 「메밀꽃 필 무렵」

여름장이란 애시당초에 글러서 해는 아직 중천에 있건만 장판은 벌써 쓸쓸하고 더운 햇발이 벌려 놓은 전시장 밑으로 등줄기를 훅훅 볶는다.

이효석(Lee Hyoseok, 1907년~1942년)은 한국의 소설가이다.

에드가 앨런 포, 「검은 고양이」

내 영혼이 존재한다는 것만큼이나 확실하게 믿는 것은, 인간의 마음에는 왜곡된 충동이 자리 잡고 있다는 것이다.

에드가 앨런 포(Edgar Allan Poe, 1809년~1849년)는 미국의 시인이자 소설가이다.

현진건, 「운수 좋은 날」

설렁탕을 사다 놓았는데 왜 먹지를 못하니,
왜 먹지를 못하니…… 괴상하게도 오늘은 운수가
좋더니만……

프란츠 카프카, 「성」

나는 당신과 언제나 함께 있는 것보다 더 큰 행복을 상상할 수 없어요. 끊임없이, 방해받지 않고, 끝없이요. 비록 이 세상 어디에도, 마을에도, 우리의 사랑이 방해받지 않을 곳은 없다는 걸 알고 있지만요. 그래서 나는 깊고 좁은 무덤을 꿈꿔요. 그곳에서 우리는 서로를 꽉 안고, 내가 당신에게, 당신이 내게 얼굴을 숨긴 채, 아무도 우리를 다시는 볼 수 없게 되는 거죠.

프란츠 카프카(Franz Kafka, 1883년~1924년)는 체코의 소설가이다.

니콜라이 고골, 『코』

    하지만 이 세상에서 영원한 것은 없다. 기쁨조차도 단 1분 후면 희미해지기 시작한다. 2분 후에는 더욱 약해지다가, 마침내 일상의 평범한 상태에 삼켜져 버린다. 마치 돌멩이가 만든 물결이 점차 잔잔한 수면에 녹아들어 가는 것처럼.

니콜라이 고골(Nikolai Vasilievich Gogol, 1809년~1852년)은 러시아의 작가이다.

윌리엄 셰익스피어, 『열두 번째 밤』

위대함을 두려워하지 마라. 어떤 이는 태어날 때부터 위대하고, 어떤 이는 위대함을 성취하며, 또 다른 이는 위대함을 강요받는다.

프란츠 카프카, 「변신」

그레고르 잠자가 불안한 꿈에서 깨어난 어느
아침, 그는 자신이 침대에서 거대한 벌레로 변해
있는 것을 발견했다.

제인 오스틴, 『설득』

여성을 마치 모두 고상한 숙녀인 것처럼, 이성적인 존재가 아닌 것처럼 말하는 걸 듣기 싫어요. 우리 중 누구도 평생 평온한 물살 속에만 있고 싶지는 않아요.

제인 오스틴(Jane Austen, 1775년~1817년)은 영국의 소설가이다.

버지니아 울프, 『등대로』

삶의 의미는 무엇인가? 그것이 전부였다. 간단한 질문. 나이가 들수록 점점 더 다가오는 질문. 위대한 깨달음은 결코 오지 않았다. 어쩌면 위대한 깨달음은 결코 오지 않을지도 모른다. 대신, 일상 속의 작은 기적들이 있었다. 어둠 속에서 뜻밖에 켜진 성냥들처럼. 여기에 하나가 있었다.

버지니아 울프(Adeline Virginia Woolf, 1882년~1941년)는 영국의 작가이다.

에밀리 브론테, 『폭풍의 언덕』

나는 그 찬란한 세계로 도망쳐 언제나 그곳에 있고 싶어. 눈물 너머로 흐릿하게 바라보며, 고통스러운 마음 속에서 그리워하는 것이 아니라, 진정으로 그곳에 함께, 그 안에 있고 싶어.

헨리 제임스, 『대사들』

　살 수 있는 만큼 살아라. 그렇지 않는 건 실수다. 특별히 무엇을 하든 상관없다, 다만 네 삶을 살아왔다는 것만으로 충분하다. 그걸 누리지 못했다면, 대체 무엇을 누린 것이겠는가?

레프 톨스토이, 『크로이처 소나타』

아름다움이 곧 선함이라는 착각이 얼마나 완벽한지 놀랍다.

오스카 와일드, 『캔터빌의 유령』

죽음은 참으로 아름다울 거야. 부드러운 갈색 흙 속에 누워, 머리 위로 흔들리는 풀을 느끼며 침묵을 듣는 것. 어제도 없고, 내일도 없는 상태. 시간을 잊고, 삶을 용서하며 평온해지는 것.

오스카 와일드(Oscar Wilde, 1854년~1900년)는 영국의 작가이다.

프란츠 카프카, 「변신」

당신에게 이해시킬 수 없어요. 내 안에서 무슨 일이 일어나고 있는지 누구에게도 이해시킬 수 없어요. 심지어 나 자신에게조차 설명할 수 없어요.

3
침묵이 얼마나 더 좋은가

샬롯 브론테, 『제인 에어』

나는 새가 아니에요. 그 어떤 그물도 나를 가
둘 수 없어요. 나는 독립적인 의지를 가진 자유
로운 인간이에요.

샬롯 브론테(Charlotte Bronte, 1816년~1855년)는 영국의 소설가이다.

루이자 메이 올콧, 『작은 아씨들』

나는 배를 항해하는 법을 배우고 있기에 폭풍
이 두렵지 않다.

루이자 메이 올콧(Louisa May Alcott, 1832년~1888년)은 미국의 소설가이다.

메리 셸리, 『프랑켄슈타인』

　살아 있는 단 한 존재의 연민을 얻을 수 있다면 나는 모든 것과 화해할 수 있을 거예요. 내 안에는 당신이 상상할 수 없을 만큼의 사랑이 있고, 당신이 믿지 못할 만큼의 분노가 있어요. 하나를 채울 수 없다면, 다른 하나에 빠져들 거예요.

메리 셸리(Mary Shelley, 1797년~1851년)는 영국의 작가이다.

헤르만 헤세, 『데미안』

새는 알에서 깨어나기 위해 싸운다. 그 알은 세계이다. 태어나려는 자는 먼저 하나의 세계를 파괴해야 한다. 새는 신에게 날아간다. 그 신의 이름은 아브락사스다.

루이스 캐롤, 『이상한 나라의 앨리스』

여기서 어느 쪽으로 가야 하는지 알려주실래요?
그건 네가 어디로 가고 싶은지에 크게 달려 있지.
어디든 상관없어요.
그럼 어느 쪽으로 가든 상관없지.

표도르 도스토옙스키, 『죄와 벌』

새로운 발걸음을 내딛고, 새로운 말을 내뱉는 것이야말로 사람들이 가장 두려워하는 것이다.

오스카 와일드, 『도리안 그레이의 초상』

당신은 항상 나를 좋아하게 될 것입니다. 나는 당신이 용기를 내지 못했던 모든 죄를 대신 지었으니까요.

레프 톨스토이, 『전쟁과 평화』

우리는 아무것도 모른다는 것만 알 수 있다.
그리고 그것이 인간의 최고 수준의 지혜이다.

레프 톨스토이, 『안나 카레니나』

존중은 사랑이 있어야 할 빈자리를 채우기 위해 발명된 것이다.

안톤 체호프, 『세 자매』

저 나무가 보이나요? 죽었지만 여전히 다른 나무들과 함께 바람에 흔들리고 있어요. 나도 그럴 것 같아요. 내가 죽더라도 어떤 식으로든 여전히 삶의 일부가 될 것 같아요.

안톤 체호프(Anton Pavlovich Chekhov, 1860년~1904년)는 러시아의 작가이다.

표도르 도스토옙스키, 『죄와 벌』

자신의 방식대로 잘못 가는 것이 다른 사람의
방식대로 올바르게 가는 것보다 낫다.

제인 오스틴, 『오만과 편견』

허영과 자만은 서로 다른 것인데, 종종 같은 의미로 사용되곤 한다. 사람은 허영심 없이 자부심을 가질 수 있다. 자부심은 우리가 스스로를 어떻게 생각하는지에 관련된 것이고, 허영은 다른 사람들이 우리를 어떻게 생각하기를 바라는 것에 관련된 것이다.

레프 톨스토이, 『안나 카레니나』

영혼을 샅샅이 뒤지다 보면, 우리는 종종 눈에 띄지 않게 놓여 있어야 할 무언가를 파헤치곤 한다.

표도르 도스토옙스키, 『카라마조프 형제들』

무엇보다도 자신에게 거짓말을 하지 마십시오. 자신에게 거짓말을 하고 자신의 거짓말에 귀를 기울이는 사람은 자신과 주변의 진실을 구별할 수 없는 지경에 이르러 자신과 타인에 대한 모든 존중을 잃게 됩니다. 그리고 존경심이 없어지면 그는 사랑을 멈추게 됩니다.

샬롯 브론테, 『제인 에어』

당신은 내가 기계라고 생각하나요? 감정 없는 자동인형이라고? 내 입에서 빵 한 조각을 빼앗고, 내 잔에서 생명의 물 한 방울을 쏟아버려도 견딜 수 있을 거라고 생각하나요? 내가 가난하고, 눈에 띄지 않으며, 평범하고, 작다는 이유로 내가 영혼도 없고, 마음도 없다고 생각하나요?

당신은 잘못 생각했어요! 나는 당신만큼 영혼이 있고, 당신만큼 마음도 가득해요! 만약 신이 나에게 아름다움과 많은 재산을 주었다면, 내가 당신을 떠나는 것이 힘든 것만큼 당신에게도 나를 떠나는 것이 어렵게 만들었을 거예요. 나는 지금 당신에게 관습이나 형식, 심지어 육신을 통해 이야기하는 것이 아니에요. 내 영혼이 당신의 영혼에 말을 걸고 있는 거예요. 마치 우리 둘 다 무덤을 지나와, 신 앞에 서 있는 것처럼요. 그곳에서 우리는 동등해요. 지금처럼!

이상, 「날개」

나는 불현듯 겨드랑이가 가렵다. 아하, 그것은 내 인공의 날개가 돋았던 자국이다. 오늘은 없는 이 날개. 머릿속에서는 희망과 야심이 말소된 페이지가 딕셔너리 넘어가듯 번뜩였다.

나는 걷던 걸음을 멈추고 그리고 일어나 한 번 이렇게 외쳐 보고 싶었다.

날개야 다시 돋아라.
날자. 날자. 한 번만 더 날자꾸나.
한 번만 더 날아 보자꾸나.

이상(Yi Sang, 1910년~1937년)은 한국의 작가이다.

귀스타브 플로베르, 『마담 보바리』

하지만 그녀는 마음속 깊은 곳에서 무언가가 일어나기를 기다리고 있었다. 마치 난파된 선원처럼, 그녀는 절망에 찬 눈으로 자신의 고독한 삶을 바라보며, 먼 수평선의 안개 속에서 흰 돛을 찾고 있었다. 그녀는 그 기회가 무엇일지, 어떤 바람이 그것을 그녀에게 가져다줄지, 어떤 해안으로 그녀를 밀어낼지, 그것이 작은 보트일지, 아니면 포트홀까지 고통이 가득한 삼단함일지, 혹은 행복으로 가득 찬 배일지 알지 못했다. 그러나 매일 아침 눈을 뜰 때마다, 그녀는 그날 그것이 오기를 바랐다. 그녀는 모든 소리에 귀를 기울였고, 깜짝 놀라 일어났으며, 그것이 오지 않는 것을 이상하게 여겼다. 그리고 해 질 녘이 되면, 언제나 더 큰 슬픔에 잠겨 내일을 기다렸다.

에밀리 브론테, 『폭풍의 언덕』

　　다시 소녀로 돌아가고 싶어요, 반쯤 야성적이
고 강인하며 자유로운.

올더스 헉슬리, 『멋진 신세계』

하지만 나는 편안함을 원하지 않아. 나는 신을 원하고, 시를 원하며, 진짜 위험을 원해. 나는 자유를 원하고, 선함을 원해. 나는 죄를 원해.

올더스 헉슬리(Aldous Huxley, 1894년~1963년)는 영국의 작가이다.

제임스 조이스, 『율리시스』

당신은 도망치고 있다고 생각하지만 결국 자신과 마주치게 된다. 가장 먼 길이 가장 빠른 길이다.

루이자 메이 올콧, 『작은 아씨들』

여성은 마음만 있는 게 아니라 정신도 있고 영
혼도 있어요. 그리고 야망도 있고, 재능도 있고,
아름다움도 있죠. 사랑만이 여성의 전부라고 말
하는 사람들이 너무 지겨워요.

나다니엘 호손, 『주홍글씨』

    그녀는 자유를 느끼기 전까지 그 무게를 알지 못했다.

표도르 도스토옙스키, 『카라마조프 형제들』

나는 태양을 볼 수 있지만, 태양을 보지 못하더라도 그 존재를 알고 있습니다. 그리고 태양이 있다는 것을 아는 것, 그것이 바로 살아 있다는 증거입니다.

레프 톨스토이, 『안나 카레니나』

완벽을 추구하면 결코 만족할 수 없다.

표도르 도스토옙스키, 『죄와 벌』

큰 지성과 깊은 마음에는 언제나 고통과 아픔이 따를 수밖에 없다. 정말 위대한 사람은 이 세상에서 큰 슬픔을 겪어야 한다고 생각한다.

미겔 데 세르반테스, 『돈키호테』

  운명은 우리가 기대한 것보다 더 유리하게 우리의 행운을 이끌어 준다네. 저기 보게, 산초 판자, 내 친구여. 저 서른 명가량의 야생 거인들을 보게. 나는 그들과 싸워 모두 처치할 작정이네. 그들의 약탈물로 우리가 부를 쌓기 시작할 수 있을 것이야. 이것은 고귀하고 정의로운 전쟁이네. 이런 악한 종족을 지구에서 없애는 것이 하나님께 얼마나 유익한 일인가.

미겔 데 세르반테스(Miguel de Cervantes Saavedra, 1547년~1616년)는 스페인의 작가이다.

"어떤 거인들이죠?" 산초 판자가 물었다. "저기 보이는 거인들 말일세." 그의 주인이 대답했다. "거대한 팔을 가진 자들이지, 그중 몇몇의 팔은 거의 두 리그 길이나 될 걸세." "이보세요, 나으리." 산초가 말했다. "저기 보이는 것은 거인이 아니라 풍차입니다. 나리께서 팔이라고 생각하신 것은 그저 바람에 돌아가는 날개일 뿐이고, 그게 맷돌을 돌리는 거예요." "분명한 건." 돈키호테가 대답했다. "자네는 모험에 대해 아는 것이 별로 없다는 걸세."

이상, 「날개」

'박제가 되어 버린 천재'를 아시오? 나는 유쾌하오. 이런 때 연애까지가 유쾌하오.

육신이 흐느적흐느적하도록 피로했을 때만 정신이 은화처럼 맑소. 니코틴이 내 횟배 앓는 뱃속으로 스미면 머릿속에 으레 백지가 준비되는 법이오. 그 위에다 나는 위트와 패러독스를 바둑 포석처럼 늘어놓소. 가증할 상식의 병이오.

다니엘 디포, 『로빈슨 크루소』

    눈에 보이는 위험 자체보다, 위험에 대한 두려움이 만 배는 더 무서운 법이다. 우리는 불안의 짐이, 우리가 두려워하는 그 재앙보다 훨씬 더 크다는 것을 알게 된다.

대니얼 디포(Daniel Defoe, 1660년~1731년)는 영국의 작가이다.

볼테르, 『캉디드』

"낙관주의란 무엇인가?" 카캄보가 물었다.
"아, 그건." 캉디드가 대답했다. "모든 것이 최악
일 때에도 최선이라고 주장하는 고집이지."

볼테르(Voltaire, 1694년~1778년)는 프랑스의 철학자이자 작가이다.

이효석, 「메밀꽃 필 무렵」

조선달 편을 바라는 보았으나 물론 미안해서가 아니라 달빛에 감동하여서였다. 이지러는 졌으나 보름을 갓 지난달은 부드러운 빛을 흐뭇이 흘리고 있다. 대화까지는 팔십리의 밤길, 고개를 둘이나 넘고 개울을 하나 건너고 벌판과 산길을 걸어야 된다. 길은 지금 긴 산허리에 걸려 있다. 밤중을 지난 무렵인지 죽은 듯이 고요한 속에서 짐승같은 달의 숨소리가 손에 잡힐 듯이 들리며, 콩포기와 옥수수 잎새가 한층 달에 푸르게 젖었다.

산허리는 온통 메밀밭이어서 피기 시작한 꽃
이 소금을 뿌린 듯이 흐뭇한 달빛에 숨이 막힐
지경이다. 붉은 대궁이 향기같이 애잔하고 나귀
들의 걸음도 시원하다. 길이 좁은 까닭에 세 사
람은 나귀를 타고 외줄로 늘어섰다. 방울소리가
시원스럽게 딸랑딸랑 메밀밭께로 흘러간다. 앞
장선 허생원의 이야기소리는 꽁무니에 선 동이
에게는 확적히는 안 들렸으나 그는 그대로 개운
한 제멋에 적적하지는 않았다.

버지니아 울프, 『파도』

침묵이 얼마나 더 좋은가. 커피잔, 테이블. 말뚝에 날개를 펼친 고독한 바닷새처럼 혼자 앉아 있는 것이 얼마나 더 좋은가. 이곳에 영원히 앉아 있게 해줘. 이 커피잔, 이 칼, 이 포크, 그 자체로 존재하는 것들과 함께, 나 자신으로서.

알렉상드르 뒤마, 『몬테크리스토 백작』

인생은 폭풍과 같아, 젊은 친구. 한순간은 햇볕을 만끽하다가, 다음 순간엔 바위에 부딪혀 산산이 부서지게 될 거야. 너를 진정한 사람으로 만드는 것은 그 폭풍이 닥쳤을 때 네가 무엇을 하느냐에 달려 있어. 그 폭풍을 직시하고, 로마에서 그랬던 것처럼 외쳐. '할 수 있는 최악을 해 봐라, 나도 내 최선을 다할 테니!' 그러면 우리가 너를 아는 것처럼 운명도 너를 알게 될 거야.

알렉상드르 뒤마(Alexandre Dumas, 1802년~1870년)는 프랑스의 극작가이자 소설가이다.

조지 오웰, 『동물 농장』

모든 동물은 평등하다. 하지만 어떤 동물들은 다른 동물들보다 더 평등하다.

볼테르, 『캉디드』

나는 수백 번이나 자살을 결심했지만, 어찌된 일인지 여전히 삶을 사랑하고 있다. 이 우스꽝스러운 약함은 아마도 인간의 어리석고 우울한 성향 중 하나일 것이다. 기꺼이 내던지고 싶은 짐을 계속 지고 싶어 하는 것만큼 어리석은 일이 있을까? 자기 존재를 혐오하면서도 그것을 붙들고, 우리를 갉아먹는 뱀을 애지중지하며, 그 뱀이 우리의 심장을 다 먹어 치울 때까지 품고 있는 것처럼 말이다.

알렉상드르 뒤마, 『몬테크리스토 백작』

    나는 자랑스럽지는 않지만, 행복해요. 그리고 행복은 아마도 자만보다 더 사람을 눈멀게 하는 것 같아요.

4
너 자신에게 진실하라

요한 볼프강 폰 괴테, 『파우스트』

사람은 세상에서 자기 마음에 담고 있는 것을 본다.

요한 볼프강 폰 괴테(Johann Wolfgang von Goethe, 1749년~1832년)는 독일의 시인이자 철학자이다.

요한 볼프강 폰 괴테,『젊은 베르테르의 슬픔』

인류는 단조로운 존재다. 대부분의 사람들은 살기 위해 대부분의 시간을 일하는 데 쓰고, 남은 조금의 자유조차도 그들을 두려움에 사로잡히게 하여, 그 자유를 없애기 위해 온갖 방법을 찾아 헤맨다.

소포클레스, 『아이아스』

악을 악으로 치유하려 하면, 너의 운명에 더 많은 고통을 더할 것이다.

프랜시스 호지슨 버넷, 『비밀의 화원』

올바른 시선으로 보면, 세상이 온통 하나의
정원이라는 것을 알 수 있어.

프랜시스 호지슨 버넷(Frances Hodgson Burnett, 1849년~1924년)은 영국의 소설가이다.

가와바타 야스나리,『설국』

발을 딛자마자 그의 머리가 뒤로 젖혀졌고, 은
하수가 굉음을 내며 그의 안으로 흘러 들어갔다.

알렉상드르 뒤마, 『몬테크리스토 백작』

인간의 모든 지혜는 이 두 단어에 담겨 있다,
기다림과 희망.

미겔 데 세르반테스,『돈키호테』

진실은 아무리 얇게 늘려도 결코 끊어지지 않으며, 기름이 물 위에 뜨듯 언제나 거짓 위로 떠오른다.

이디스 워튼, 『순수의 시대』

진짜 외로움은 겉으로 친절한 척하는 사람들 사이에서 사는 것이다!

이디스 워튼(Edith Wharton, 1862년~1937년)은 미국의 소설가이다.

메리 셸리, 『프랑켄슈타인』

　겸허하게 인정해야 한다. 발명은 무에서 창조하는 것이 아니라 혼돈 속에서 창조하는 것이다. 재료는 먼저 주어져야 한다. 발명은 어둡고 형체 없는 물질에 형태를 부여할 수는 있지만, 물질 자체를 만들어낼 수는 없다.

단테, 『신곡』

나를 통해 너희는 슬픔의 도성으로 들어가며,

나를 통해 너희는 영원한 고통으로 들어가고,

나를 통해 영원히 길을 잃은 자들 속으로 들어간다.

정의가 나의 창조를 움직였고,

신성한 힘, 최고의 지혜, 원초적인 사랑이 나를 세웠다.

나 이전에는 창조된 것이 없었으니,

영원한 것들 외에는 없었고, 나는 영원히 지속되리라.

여기 들어오는 자, 모든 희망을 버려라.

단테(Alighieri Dante, 1265년~년1361년)는 이탈리아의 시인이다.

헤르만 헤세, 『데미안』

나는 지금까지도, 그리고 여전히 진리를 찾고 있지만, 더 이상 별과 책에 묻지 않는다. 이제는 내 혈액이 내게 속삭이는 가르침을 듣기 시작했다.

호메로스, 『일리아드』

　나뭇잎의 세대처럼 인간의 삶도 그러하다. 바람이 낡은 잎을 땅 위로 흩어버리면, 살아 있는 나무는 새로운 싹을 틔우고 봄이 다시 찾아온다. 인간도 마찬가지다. 한 세대가 태어나면 또 다른 세대는 사라진다.

호메로스(Homeros)는 고대 그리스의 시인이다.

아서 코난 도일, 『바스커빌의 사냥개』

세상은 아무도 관찰하지 않는 명백한 것들로 가득 차 있다.

아서 코난 도일(Arthur Conan Doyle, 1859년~1930년)은 영국의 소설가이다.

호메로스, 『일리아드』

왜 나를 위해 그토록 슬퍼하는가? 운명에 반하여 그 누구도 나를 죽음으로 내몰 수 없네. 그리고 운명이란? 살아 있는 그 누구도 피할 수 없지, 용감한 자든 비겁한 자든 말이야. 운명은 우리가 태어나는 그날 함께 태어나는 것이니까.

아서 코난 도일, 『주홍색 연구』

나는 인간의 뇌가 처음에는 작은 빈 다락방과 같다고 생각한다. 그리고 거기에 어떤 가구를 들일지는 각자가 선택해야 한다. 어리석은 사람은 마주치는 모든 잡동사니를 다 받아들여, 그에게 유용할 수 있는 지식이 밀려나거나, 다른 것들과 뒤섞여버려서 결국 그것을 꺼내 쓰기 힘들게 된다. 이제 숙련된 장인은 자신의 뇌라는 다락방에 무엇을 들일지 매우 신중하다.

그는 자기 일을 하는 데 도움이 될 도구들만을 들이는데, 그 도구들은 다채롭고 완벽하게 정리되어 있다. 그 작은 방이 탄력 있는 벽을 가지고 있어서 무한히 늘어날 수 있다고 생각하는 것은 잘못이다. 확실히 알아두어라, 새로운 지식을 더할 때마다 이전에 알던 무언가를 잊게 되는 순간이 온다. 그러므로 쓸모없는 사실들이 유용한 지식을 밀어내지 않도록 하는 것이 가장 중요하다.

소포클레스, 『안티고네』

모든 사람은 실수를 하지만, 훌륭한 사람은 자신의 길이 잘못되었음을 알게 되면 물러서고 그 잘못을 바로잡는다. 오직 진정한 죄는 자만일 뿐이다.

찰스 디킨스, 『위대한 유산』

　하늘은 우리가 눈물을 부끄러워할 필요가 없다는 것을 알고 있다. 눈물은 눈부신 대지의 먼지 위에 내리는 비이며, 우리의 힘든 마음을 덮어주기 때문이다. 나는 울고 난 후 전보다 더 미안해하고, 나 자신의 배은망덕함을 깨닫고, 더 온화해졌다.

헤르만 헤세, 『싯다르타』

그의 눈은 오직 그가 찾고자 하는 것만을 보게 되고, 결국 아무것도 발견하지 못하고 받아들이지 못한다. 왜냐하면 그는 항상 찾고 있는 것만 생각하고, 하나의 목표만 가지고 있기 때문이다. 목표에 사로잡혀 있기 때문이다. 찾는다는 것은 목표를 가지는 것이다. 그러나 발견한다는 것은 자유롭고, 열려 있으며, 목표가 없는 상태를 의미한다.

빅토르 위고, 『레 미제라블』

죽는 것은 아무것도 아니다. 살지 못하는 것이
두려운 일이다.

나쓰메 소세키, 『나는 고양이로소이다』

인간을 정의하는 것은 고통스러울 정도로 쉽습니다. 인간은 정당한 이유 없이 스스로 불필요한 고통을 만들어내는 존재입니다.

마르셀 프루스트, 『잃어버린 시간을 찾아서』

우리와 다른 사람 사이의 유대는 오직 우리의 마음속에만 존재한다. 기억이 흐려지면 그 유대는 느슨해지며, 사랑, 우정, 예의, 존경, 의무 때문에 우리가 스스로 속고, 다른 사람을 속이려는 착각에도 불구하고, 우리는 홀로 존재한다. 인간은 자신에게서 벗어날 수 없는 존재이며, 다른 사람을 오직 자기 안에서만 알 수 있다. 그리고 그 반대를 주장할 때, 그는 거짓말을 하는 것이다.

마르셀 프루스트(Marcel Proust, 1871년~1922년)는 프랑스의 소설가이다.

윌리엄 셰익스피어, 『햄릿』

무엇보다도 너 자신에게 진실하라, 그러면 밤이 낮을 따르듯, 너는 누구에게도 거짓이 될 수 없으리라.

허먼 멜빌, 『모비딕』

그곳은 어떤 지도에도 표시되지 않는다. 진정한 장소는 언제나 그렇다.

소포클레스, 『오이디푸스 왕』

진실이 아무런 도움도 되지 않을 때, 진실을
아는 것이 얼마나 끔찍한 일인가.

레프 톨스토이, 『안나 카레니나』

자신이 느끼는 것을 다른 사람에게 말하는 것
이 정말 가능할까요?

빅토르 위고, 『레 미제라블』

가장 어두운 밤도 결국 끝나고, 태양이 떠오를 것이다.

레프 톨스토이, 『전쟁과 평화』

선을 행하기 쉽고, 선을 행하는 데 익숙하지 않은 사람들에게도 도움이 될 수 있는 조용하고 한적한 시골에서의 삶, 그리고 자신이 바라는 일이 조금이라도 도움이 되기를 바라는 일, 휴식, 자연, 책, 음악, 이웃에 대한 사랑. 이것이 내가 생각하는 행복이다.

제임스 조이스, 『더블린 사람들』

　창문을 두드리는 가벼운 소리에 그는 창문 쪽으로 고개를 돌렸다. 다시 눈이 내리기 시작했다. 그는 졸린 눈으로 가로등 빛 속에 비스듬히 떨어지는 은빛과 어두운 눈송이들을 바라보았다. 이제 서쪽으로 향하는 그의 여정이 시작될 때가 되었다. 그렇다, 신문이 옳았다.

아일랜드 전역에 눈이 내리고 있었다. 어두운 중앙 평원, 나무 없는 언덕, 앨런 습지 위로, 그리고 더 서쪽으로는 어둡고 반항적인 섀넌강의 물결 속으로 부드럽게 눈이 떨어지고 있었다. 그 눈은 또한 마이클 퓨리가 묻혀 있는 언덕 위의 외로운 묘지에도 내리고 있었다. 비뚤어진 십자가와 묘비, 작은 대문의 창살, 그리고 메마른 가시나무 위로 두껍게 쌓이고 있었다. 그는 우주를 가로질러 희미하게 내리는 눈을 들으며, 그것이 모든 살아 있는 자들과 죽은 자들 위에 마지막 순간처럼 부드럽게 떨어지는 것을 느끼며 천천히 혼미해졌다.

다자이 오사무, 『인간 실격』

  그것이 내가 지금까지 불타는 지옥 같은 인간 사회에서 살아오면서 진실이라고 여겼던 유일한 것이다.

  모든 것은 지나간다.

다자이 오사무(Dazai Osamu, 1909년~1948년)는 일본의 소설가이다.

표도르 도스토옙스키,『카라마조프 형제들』

끔찍한 것은 아름다움이 신비로우면서도 끔
찍하다는 것이다. 신과 악마가 그곳에서 싸우고
있으며 그 전쟁터는 바로 인간의 마음이다.

빅토르 위고,『레 미제라블』

들리지 않는다고 해서 침묵할 이유가 없다.

에밀 졸라, 『테레즈 라캥』

　그들은 감히 자신들의 본성 속을 들여다보지 못했다. 그들의 마음을 가득 채운 열기 어린 혼란 속으로, 짙고 자극적인 안개와 같은 것이 그들을 에워쌌다.

에밀 졸라(Emile Zola, 1840년~1902년)는 프랑스의 소설가이다.

빅토르 위고, 『레 미제라블』

웃음은 햇살과 같아서 사람의 얼굴에 겨울을
몰아낸다.

허먼 멜빌, 『모비딕』

　우리가 인생이라 부르는 이 기묘하고 혼란스
러운 사건 속에서, 가끔은 이 모든 우주가 거대
한 농담처럼 느껴지는 순간이 있다. 그 농담의
재치는 희미하게만 보일 뿐이지만, 결국 그 농담
이 다른 누구도 아닌 자기 자신을 겨냥한 것임을
의심하게 된다.

오스카 와일드, 『도리안 그레이의 초상』

아름다운 것들에서 추악한 의미를 찾는 사람들은 매력 없이 타락한 자들이다. 이것이 바로 그들의 잘못이다. 반면, 아름다운 것들에서 아름다운 의미를 찾는 사람들은 교양 있는 자들이다. 그들에게는 희망이 있다. 그들은 아름다운 것들이 단지 아름다움을 의미하는 자들이다. 도덕적이거나 비도덕적인 책이란 없다. 책은 잘 쓰였거나, 잘못 쓰였을 뿐이다. 그게 전부다.

빅토르 위고, 『레 미제라블』

울지 않는 자는 보지 못한다.

윌리엄 셰익스피어, 『베니스의 상인』

당신은 끝없이 아무 말도 하지 않네요.

위대한 작가의 명문장들

어휘력과 문장력을 키우는 필사 노트

ⓒ 문학세계사

초판 1쇄 발행   2024년 10월 28일

엮은이   오로라
펴낸이   김종해

펴낸곳   문학세계사
출판등록   제21-108호(1979. 5. 16)
주소   서울시 마포구 신수로 59-1, 2층
전화   02-702-1800
팩스   02-702-0084
이메일   munse_books@naver.com
홈페이지   www.msp21.co.kr

ISBN   979-11-93001-55-4